Donna Latina Sottomessa

Collezione di dominazione erotica

Erika Sanders

ERIKA SANDERS

Donna Latina Sottomessa

Erika Sanders
Serie
Collezione di dominazione erotica

Sinossi

Julieta è una donna d'affari latina, di successo e dominante con fantasie su cosa potrebbe accadere se invece di essere dominante, come era al lavoro, fosse quella dominata.

Un giorno incontra Paul che inizia a mostrargli l'aspetto della sottomissione che vuole provare così tanto ...

Donna Latina Sottomessa è una storia con un forte contenuto erotico BDSM e, a sua volta, appartiene anche alla raccolta Erotic Domination and Submission, una serie di romanzi ad alto contenuto BDSM.

(Tutti i personaggi hanno 18 anni o più)

Nota dell'autrice:

Erika Sanders è una nota scrittrice internazionale, tradotta in più di venti lingue, che firma i suoi scritti più erotici, lontani dalla sua prosa abituale, con il suo nome da nubile.

Indice:

DONNA LATINA SOTTOMESSA (DOMINAZIONE EROTICA)

ERIKA SANDERS

Juliet ha ricevuto ulteriori istruzioni in una lettera.

Era una busta bianca con "Riservato" scritto in grassetto.

Le gambe di Juliet iniziarono a vacillare prima che potesse aprire la busta.

Ricordava di aver parlato con Paul la scorsa notte.

Quale sarà il tuo prossimo piano audace?

Dalla loro relazione negli ultimi mesi, stava acquisendo nuove intuizioni su se stessa e sulla sua sessualità.

Prima che Paul fosse presentato, pensava di sapere molto sul sesso.

Ma dalla sua relazione con Paul, aveva iniziato a fare molte cose che non aveva mai immaginato prima.

Aveva dimenticato molte delle sue idee sbagliate su se stessa.

Prima di incontrare Paul, pensava di essere completamente soddisfatta del sesso.

Ma presto si rese conto di non essere soddisfatta di quello che stava facendo.

L'aveva bendata durante il loro secondo appuntamento.

Julieta non avrebbe mai immaginato quanto sensibile può diventare il nostro corpo quando non possiamo vedere.

Ogni arto era asintomatico al tatto, ed era sopraffatta dalla curiosità di sapere quale punto sarebbe stato toccato successivamente sul suo corpo.

Sentiva che ogni tocco del suo corpo sarebbe dovuto durare per sempre e stava lottando per godersi ogni tocco.

La volta successiva, Paul si legò le membra al letto.

Sentire di essere impotenti emotivamente, quando vediamo il nostro corpo nudo, il nostro partner che si diverte, e non possiamo fare nulla, non possiamo resistere, non possiamo evitare nulla noi stessi, questa sensazione è molto diversa.

Stai usando il suo bellissimo corpo giovanile come preferisci, davanti ai tuoi occhi ... e vuoi solo sentire cosa ti farà.

Sensazioni miste di impotenza ed eccitazione.

Giocavano costantemente a questi nuovi giochi e lei godeva appieno di tutti quei giochi, apprezzando la creatività di Paul.

È interessante notare che Juliet, che credeva che la sua natura fosse aggressiva e prepotente, si arrendeva facilmente a Paul nel gioco del romanticismo.

Non solo, amava donarsi completamente, dargli il suo corpo, fare quello che avrebbe fatto, fare quello che le aveva detto di fare.

Cominciava a sentire che qualcuno avrebbe dovuto dominarla, farle fare qualsiasi cosa.

Questo cambiamento nella sua natura l'aveva colta di sorpresa.

La scorsa notte, Paul aveva detto che l'audacia di domani sarebbe stata il culmine della partita fino a quel momento.

"Senti tutto quello che dico, vero?" Aveva chiesto.

La sottomissione le era arrivata solo chiedendo.

"Sì, Signore, farò quello che mi dici", rispose con calma.

Poteva parlare a voce molto bassa, ma questa scoperta è iniziata solo quando ha incontrato Paul.

"Ebbene, domani riceverai una lettera nel tuo ufficio. Quella lettera conterrà ulteriori istruzioni per te."

... e ora aveva davvero quella lettera in mano!

Con mani tremanti, ha rotto il sigillo sulla lettera.

Cosa ci sarebbe scritto sopra?

Quale sarà il prossimo audace piano di Paolo?

Cosa dovrei fare per lui oggi?

Un po 'spaventata, un po' imbarazzata anche lei, iniziò a tirare fuori il foglio bianco dentro la busta, ecco e leggere ...

"Schiavo

1. Preparati per la nostra partita di stasera alle otto, sii coraggioso.

2. Dovresti vestirti in questo modo: pantaloni rossi morbidi, camicetta abbinata, reggiseno-mutandine abbinato, orecchini d'oro nelle orecchie, cintura d'argento e scarpe col tacco alto.

3. Una Mercedes verrà a prenderti alle otto. L'autista saprà dove andare. Ti darà ulteriori istruzioni in seguito. Proprio come ora segui le mie istruzioni, devi anche seguire le sue istruzioni di notte.

4. Inoltre, non prenderete nient'altro poiché non ne avrete bisogno. Non hai bisogno di una borsa o altro. "

Il petto di Julieta pulsava di eccitazione finché non finì di leggere le istruzioni.

Eccitata da quello che sarebbe successo oggi, ha cominciato a bagnarsi.

Paul, un codice di abbigliamento, otto di sera, autista Mercedes ... niente di più.

È sempre riuscito a distrarla al lavoro.

Un po 'di paura, un po' di eccitazione, un po 'di divertimento, molta curiosità ...

Fino ad ora, per quanto audaci fossero i loro giochi, erano stati giocati in luoghi "privati".

A volte a casa di Giulietta, a volte a casa di Paul e una volta in albergo.

Ma si sarebbe arresa a Paul da sola ... ma oggi avrebbe incontrato una terza persona, l'autista di quella Mercedes!

Paul ha dato all'autista alcune coraggiose istruzioni?

Paul ha detto, devi obbedire a tutto ciò che dice l'autista ...

Cosa succede se l'autista le chiede di togliersi i vestiti in macchina?

O se le chiede di baciarlo seduto in macchina?

O se lo inclini durante la guida ... ??? oh Dio

Perché ha confessato tutto questo a Paul?

Ha commesso un errore fidandosi così tanto di lui?

Da un lato, con tali dubbi in mente, credeva anche che Paolo non avrebbe permesso che si presentasse alcuna situazione che l'avrebbe messa in pericolo.

Sorrise a se stessa, rendendosi conto che l'idea dell'autista che la costringeva a spogliarsi era tanto terrificante quanto eccitante.

Alle otto Juliet si era vestita e svestita tre volte.

All'inizio indossava pantaloni rossi, ma non erano morbidi.

Sto bene così, perché dovrei prestare così tanta attenzione a lui ...

Mentre diceva questo, senza rendersene conto, si era tolto i pantaloni e aveva cercato un rosso più tenue.

Poi ha iniziato a cercare gli orecchini d'oro.

Non aveva mai avuto la possibilità di indossare quegli orecchini come indossava jeans e maglietta, ma Paul aveva detto una o due volte che gli piacevano molto.

Stranamente, non si ricordava quando aveva detto a Paul che aveva una cintura d'argento.

Ma aveva scritto la stessa cosa nella sua lettera, quindi doveva saperlo, questo è certo.

Pur apprezzando mentalmente la sua intelligenza ...

... L'orologio ha battuto le otto e un'auto ha suonato il clacson sulla strada.

Julieta corse giù per le scale e guardò attraverso lo spioncino della porta d'ingresso.

Davanti al cancello c'era una lunga Mercedes nera.

Si tolse la borsa dalla spalla e la lanciò sul divano nell'ingresso, chiuse a chiave la porta d'ingresso, aprì il cancello e si avvicinò alla Mercedes.

L'autista in uniforme gli aprì la portiera sul retro.

L'autista era di mezza età e aveva un aspetto educato.

Si sedette all'interno, chiedendosi se lui le avrebbe già dato istruzioni.

l'autista molto educatamente chiuse la portiera, si sedette e avviò il motore.

Come previsto, guidare in una Mercedes è stato davvero comodo, ma a lui non sembrava importare.

Ora questo autista ti dirà cosa fare, come e se vuoi davvero obbedire a quello che dice ...

Molti di quei pensieri ribollivano nella sua mente.

La Mercedes sfrecciava per le strade trafficate della città.

A poco a poco il traffico circostante si fece meno intenso e si rese conto che avevano lasciato la città ed erano entrati nella zona industriale.

Le fabbriche e gli edifici per uffici su entrambi i lati della strada stretta non sembravano familiari.

All'improvviso, l'autista ha rallentato la Mercedes ed è entrato in un parcheggio che sembrava abbandonato.

Sebbene la velocità del veicolo fosse abbastanza lenta da entrare dalla strada principale, non era abbastanza lenta da leggere le lettere sul cartello fuori dal pacco.

All'interno della trama, Juliet vede la cabina di un Vigilante con una vecchia porta fatiscente.

L'autista fermò la macchina e scese.

Tornò e aprì la porta per Juliet.

Non appena lei scese, chiuse la porta, l'afferrò per il collo e la condusse alla cabina del Vigilante crollata.

Juliet non aveva ancora sentito la voce dell'autista.

Quella cabina di quattro piedi per quattro aveva un bancone nella parte anteriore.

Il giovane seduto al banco disse all'autista:

"Grazie amico, ci vediamo la prossima volta."

L'autista si limitò a sorridere e rapidamente si voltò e se ne andò.

Adesso Julieta era sola di fronte a quel giovane sconosciuto ma bello.

C'era della magia nel suo sorriso.

"Juliet, non ti chiami? Seguimi," ordinò il giovane.

Juliet lo seguì con attenzione.

I due entrarono in una stanza simile a un ufficio sul retro dell'edificio semidiroccato.

Nella stanza non c'era altro che un tavolo e delle sedie nell'angolo.

"Sei pronta per l'avventura unica di oggi, Juliet?" Ha chiesto facendo sul serio.

"Uhm? Forse ..." disse Juliet diventando un po 'nervosa.

"Bene," disse, sorridendo misteriosamente, "a tutti coloro che ti danno istruzioni stasera le seguirai attentamente. Senza alcun dubbio ... e senza chiedere a nessuno. Alcuni suggerimenti saranno strani o strani, ma credimi, tu sarà più felice. se segui le istruzioni. Allora fai quello che ti viene detto, senza vergogna, paura o paura. "

"Va bene. Cosa devo fare?" Juliet chiese con fermezza.

Guardando il corpo sexy di Juliet, ha detto:

"Ascolta allora. Prima togliti i vestiti."

"Tutti?" Juliet ha chiesto esitante.

"No," disse con un sorriso malizioso, "togliti tutto tranne le mutandine, gli orecchini, la cintura d'argento e i tacchi."

Juliet non sapeva se aveva ascoltato correttamente le istruzioni.

Gli aveva dato istruzioni con parole molto chiare e ad alta voce.

Tuttavia, Juliet sentiva di non essere stato in grado di dire niente di tutto ciò.

Anche dopo aver digerito il suo suggerimento con grande fatica, stava ancora aspettando che uscisse dalla stanza ...

Pensava di dover almeno voltargli le spalle.

Ovviamente, Juliet sapeva che si aspettava molto, ma comunque ...

In un impeto di rabbia, si abbassò i pantaloni, lasciando la cintura allacciata.

Ha sbottonato il primo bottone della camicetta e lo ha guardato per dimostrargli che non sei da meno in questa situazione.

Ma non appena ha notato che il suo sguardo scivolava verso il basso mentre tirava un altro pulsante, inavvertitamente si è guardata.

Era imbarazzata nel vedere il reggiseno rosa tenue e attillato che era chiaramente visibile dopo che due bottoni si erano staccati dalla parte superiore.

I suoi seni carnosi e morbidi che lottano per uscire da lui.

Eccitata, iniziò a respirare sempre più forte e il suo seno già paffuto sembrava gonfiarsi.

Senza perdere altro tempo, sbottonò tutti i bottoni mancanti della camicetta.

Non appena le tolse i pantaloni dai piedi, lei gli lanciò un'occhiata e si tolse la camicetta stretta con entrambe le mani.

Quindi, spingendoli indietro e ovviamente gonfiando ancora di più il suo grande e bellissimo petto, si tolse anche i ganci del reggiseno.

Ma per qualche istante rimase nella stessa posa e lo guardò.

Fece un passo avanti, guardando i suoi seni gonfi.

Rendendosi conto che non c'era scampo, Juliet alzò gli occhi al cielo, prese un respiro profondo e si tolse lentamente il reggiseno con entrambe le mani.

Non aveva il coraggio di guardarlo negli occhi adesso.

E poi si rese conto che stava ancora aspettando che lei uscisse o che gli voltasse le spalle.

Ma avrebbe potuto voltare le spalle lei stessa mentre si spogliava davanti a questo strano giovane!

Ma lei si era sfacciatamente spogliata dei suoi vestiti uno per uno davanti a lui ...

Era ancora più imbarazzata da questo pensiero.

"Piega i tuoi vestiti e mettili sul tavolo," Julieta riprese conoscenza al suo prossimo suggerimento.

Aprì gli occhi ma, evitando il suo sguardo, raccolse i pantaloni, la camicetta e il reggiseno che le stavano rotolando sulle gambe e si avvicinò al tavolo.

Piegandole con cura, le posò sul tavolo e si fermò di fronte a lui, ma non molto indietro.

"Ora girati e stai con entrambe le mani indietro", istruì di nuovo con voce seria.

Ora, voltandosi le spalle, chiedendosi a cosa sarebbe servito, si voltò e agitò entrambe le mani indietro come se fosse diventata molto pigra.

Lei annuì, sentendolo venire verso di lei.

I suoi polsi delicati furono toccati dal freddo metallo mentre pensava a cosa sarebbe successo dopo.

Che cosa nuova è questa, chiese, finché qualcosa non scattò e entrambe le mani furono catturate nella stessa posa che le aveva detto.

Oh Dio. Sei qui in un luogo sconosciuto, con un uomo sconosciuto, in questo momento, in un tale stato ... e ora così indifeso !!

Pochi vestiti sul corpo, nessun telefono nelle vicinanze, nessuna borsa ...

A cosa servirebbero?

Entrambe le mani erano intrappolate in catene da dietro.

Paul non è in vista.

E questo strano ma bellissimo giovane ti si sta avvicinando così tanto ... stupido!

Sei stupida, Juliet.

Perché le persone credono così ciecamente?

E questo anche in una persona come Paolo ... quanto bene lo conosci?

Cosa ti succederà adesso.

Oh Dio, cosa ho fatto ...

"Andiamo," disse, non aspettando che lei camminasse, ma tenendosi alle sue catene e camminando verso la porta.

Non aveva senso protestare.

Non appena fu fuori dalla porta, una folata di aria fredda spazzò Juliet e le lacrime le sgorgarono agli occhi.

Camminava con passi pesanti.

L'ha quasi trascinata nel parcheggio buio.

In uno stato così mezzo nudo, sentiva anche il sostegno di quell'oscurità, ma ...

Ma cos'è questo?

La vergogna del proprio corpo seminudo, della propria impotenza, della compagnia involontaria di questa giovane sconosciuta, mentre aveva paura, la eccitava anche impotente.

Si vergognava di sentire le dolci sensazioni avvenute coperte dall'unico indumento che le era rimasto sul corpo.

Non sapeva esattamente cosa stavi pensando.

Anche se il suo corpo era freddo, si sentiva calda mentre lasciava la stanza ed entrava nel parcheggio, con il tocco del suo corpo mentre camminava e la forte presa della sbarra.

I suoi capezzoli di cioccolato fondente si strinsero e iniziarono a fargli male per l'aria fredda.

Sembrava che stesse tenendo il bar con entrambe le mani molto strettamente ... ma aveva entrambe le mani intrappolate dietro la schiena.

E poi cosa gli sarebbe successo se avesse avuto entrambe le mani libere.

Se le pizzicava i capezzoli rigidi con la stessa forza con cui teneva il bilanciere ...

Juliet fu terribilmente sorpresa dai suoi stessi pensieri.

A cosa stavi pensando pochi istanti fa?

A causa di questa impotenza, la vergogna, le lacrime erano appena arrivate ai suoi occhi.

Ora il tocco della mano rocciosa di quest'uomo sconosciuto dovrebbe toccare la nostra parte più intima, il pensiero ... o il desiderio ...

Dio!

Cosa mi è successo

Quali pensieri ti vengono in mente?

Paul, dove sei, malvagio?

Tu ... mi hai fatto così!

Potrò guardarmi allo specchio domani o no?

C'era un piccolo cancello alla fine del parcheggio.

Lo sconosciuto aprì la porta e spinse Juliet dentro.

Era come una grande camera vuota.

Julieta strinse gli occhi e cercò di guardarsi intorno, ma era tutto buio tranne che per la lampada che pendeva al centro della stanza.

La tirò su di nuovo e la mise sotto la luce della lampada.

Il suo bel corpo, che era stato coperto dall'oscurità per così tanto tempo, fu nuovamente esposto.

Imbarazzata e all'improvviso la luce nei suoi occhi, si asciugò gli occhi con forza.

Alcuni momenti trascorsero in un silenzio estremo.

Non c'è movimento, non c'è movimento.

Chissà se mi ha lasciato qui ...

Sentì il suo tocco sfiorarle la vita lineare.

Una o due volte il tocco si spostò lentamente da entrambi i lati della sua vita alle sue ascelle e poi scivolò verso il basso e scivolò lungo i bordi delle sue mutandine.

Julieta si asciugò gli occhi con forza come se sapesse cosa sarebbe successo dopo.

Le dita di entrambe le mani abbassarono i bordi delle mutandine rosa.

Le sue mutandine si sono bloccate quando hanno raggiunto le sue cosce.

Con le mani legate dietro la schiena, non poteva fare niente.

Le dita della sua mano sinistra si fecero avanti da dietro con autorità e iniziarono ad abbassare la parte anteriore delle sue mutandine, pizzicandole, toccandole la vagina bagnata.

Un attimo dopo, l'ultimo indumento sul suo corpo, sebbene solo nominalmente, cadde ai suoi piedi.

"Mettili da parte," la sua voce potente echeggiò in quel vuoto.

Le liberò le gambe dalle mutandine senza pensare.

Adesso era completamente nuda, nuda, nuda.

Per non parlare del fatto che sul suo bel corpo erano rimaste alcune cose: orecchini, una cintura d'argento e tacchi alti.

Ovviamente, niente di tutto questo è servito per evitare l'imbarazzo, ma ha iniziato a pensare a se stessa mentre affrontava la situazione in cui si trovava.

"Resta ancora lì," disse, dando l'ordine successivo.

Sebbene Juliet aprisse gli occhi adesso, non voleva disobbedirgli.

Mentre pensava a quello che stava facendo, lo sentì spingere qualcosa.

Guardò a destra e lo vide.

Stava spingendo qualcosa con le ruote verso di lei.

Era un tavolo.

Il tavolo era alto circa la vita.

Cinghie di cuoio erano fissate sul tavolo.

Ha portato il tavolo proprio davanti a lei.

Poi, girandole di nuovo intorno, la spinse in avanti e la piegò sul tavolo.

"Allarga i piedi, Juliet," ordinò.

Ha obbedientemente spostato entrambe le gambe leggermente di lato.

"Ancora di più," gridò, e lei rimase con entrambe le gambe spalancate.

Ora la sua vagina bagnata stava toccando la pelle sul tavolo.

Non appena le sue gambe incontrarono le gambe del tavolo, lui legò saldamente entrambe le gambe con le cinghie di cuoio.

Adesso gli era impossibile muoversi.

Circondandola, le liberò le mani dalle catene.

Sorrise e si fermò di fronte a lei.

Mentre guardava il suo corpo nudo, gli occhi di Juliet si abbassarono automaticamente per l'imbarazzo.

Continuava a dare ordini.

"Scendi e toccati le dita dei piedi."

Quando lei si chinò, lui si chinò in avanti e le legò le mani alle gambe.

Non importa quanto fosse coraggiosa, Juliet era terrorizzata da questo stato di impotenza.

In questa fase, non era in grado di muoversi da sola.

La sua vagina bagnata e le natiche piene erano completamente esposte di fronte a "quello" sconosciuto.

Non solo, ma la sua vagina, e persino il suo buco del culo, dovevano essere visibili a lui ora.

Stava cercando di controllare il suo respiro, chiedendosi cosa avrebbe fatto dopo.

Per un minuto non si accorse di alcun movimento da parte sua, ma poi si rese conto che era molto vicino dietro di lei.

E allo stesso tempo ha sentito un tocco molto familiare, ma in un luogo inaspettato ...

Vaselina! Sì, era gelatina di petrolio.

Strofinò la vaselina nel suo buco posteriore con un dito ricoperto.

L'ha diffusa intorno a lei per un po 'e poi ha inserito il dito nel suo ano.

Juliet trattenne il respiro per un momento.

Prima di incontrare Paul, non era a conoscenza di nessun altro uso del suo buco anale diverso dal solito.

Si sentiva sconvolta quando vedeva il sesso anale in un video porno con Paul.

Avrebbe urlato a Paul e lo avrebbe costretto a passare la scena.

Ma una volta che le aveva legato le braccia e le gambe al letto e le aveva insegnato il tipo di sesso dominante, le aveva inserito un tappo di gomma nell'ano, nonostante la sua opposizione.

Juliet, che inizialmente stava urlando, ha accettato questo tipo di divertimento in pochissimo tempo.

Dopodiché, ogni volta che Paul scendeva a leccarle la vagina, lei iniziava a implorarlo di inserire almeno un dito dietro di lei.

In effetti, a Paul piaceva molto farlo in questo modo, ma solo per infastidire Juliet, le ricordava il suo rifiuto e il suo disgusto ...

Ma oggi, mentre il dito di questo uomo sconosciuto circolava liberamente attraverso il suo inguine e l'ano, aveva molte emozioni nella sua mente.

Era arrabbiata per la propria impotenza.

L'intruso lo infastidiva per la sfacciata avanzata.

Odiava Paul per averla messa in una situazione del genere.

Aveva le lacrime agli occhi per il dolore quando il suo dito penetrò all'interno.

E allo stesso tempo, era eccitata quando si rese conto che il dito di uno sconosciuto si stava muovendo nel suo ano in un posto strano.

Dopo aver spinto il dito dentro e fuori dal suo buco per un po ', ha inserito con la forza uno spesso tappo di gomma nel suo buco.

Sebbene la vaselina riducesse in qualche modo il disagio, la dimensione del tappo era molto più grande della dimensione del suo foro.

Ma Juliet non poteva fare altro che protestare.

Juliet stava cercando di smettere di piangere e fare un respiro profondo, in quel momento ...

Quando la spina fu completamente inserita all'interno, le diede uno schiaffo forte sul culo e si staccò da lei.

L'urlo letteralmente soffocato di Juliet seguì il suono del "crack" che riecheggiò per tutta la stanza.

A questo punto, si è arrabbiato molto con Paul.

Deve aver detto allo sconosciuto diverse cose che sono molto private tra loro due.

Naturalmente!

Inoltre, come può quest'uomo sapere che Juliet, che è sempre al comando al lavoro, ama essere dominata nel sesso?

Sebbene stesse piangendo mentre il suo dito si muoveva attraverso il suo ano, doveva sapere che le piace essere colpita con le dita.

E ora, senza preoccuparsi del dolore fisico che stava attraversando, e senza prevedere quale sarebbe stata la sua reazione, era convinta che Paul le avesse detto tutto a causa della forza con cui l'aveva sculacciata.

Paul le aveva anche insegnato il trucco per alleviare il dolore estremo.

Nel mondo esterno, Juliet non poteva sopportare la voce forte dell'uomo di fronte a lei.

Ma in questo mondo privato, la sua più grande fantasia era che qualcuno potesse torturarla, forzarla fisicamente.

Approfittando di queste informazioni, si è arrabbiato e allo stesso tempo molto eccitato quando ha capito che quest'uomo stava giocando con il suo corpo.

Con tutti questi pensieri in mente, tuttavia, continuò a lanciarle una frusta.

Le sue chiappe chiappe adesso erano rossastre come ciliegie e calde come l'inferno.

Dopo dieci o quindici colpi, gettò da parte la frusta e iniziò a sculacciare le natiche rossastre di Juliet.

Dopo molte torture, Juliet iniziò a desiderare di abbracciarlo.

Si fermò e si fermò di fronte a lei proprio quando lei voleva che le sue mani tornassero lì per un po 'di più.

Chinandosi e rilasciandole le mani, la raddrizzò.

Prese la sua mano delicata nella sua e la sollevò.

Juliet vide una corda robusta penzolare dall'alto.

Le legò con cura entrambe le mani e le avvolse nella corda.

Scivolò e cadde di lato.

La corda è stata legata attraverso il ponte dal tetto.

Slegò la corda dalla sua presa, la prese in mano e iniziò a tirarla con forza.

Il corpo di Juliet veniva tirato su e issato con la fune che le tirava le braccia.

Juliet gli stava lasciando tirare il suo corpo senza alcuna resistenza.

Continuò a tirare la corda finché non la sollevò per entrambi i talloni.

Ora Juliet era in piedi sulle punte dei suoi tacchi alti, dondolando il corpo, ma non penzoloni.

Legò di nuovo l'estremità della corda e si fermò di fronte a lei.

L'intero petto di Juliet era ora eretto poiché aveva entrambe le braccia alzate.

Guardando dall'alto in basso, anche i suoi capezzoli sembravano un po 'troppo angolati.

E poi, facendo roteare le dita sui cerchi scuri attorno ai suoi capezzoli, improvvisamente afferrò entrambi i capezzoli appuntiti con un pizzico e tirò forte.

Urlando volentieri, Juliet inciampò dov'era.

Anche le sue cosce erano limitate nei suoi movimenti poiché le sue gambe erano legate in basso e le sue mani in alto.

Ha continuato a tirare e rilasciare i suoi capezzoli con la presa delle sue dita.

Lentamente, Juliet iniziò di nuovo ad eccitarsi.

Si asciugò gli occhi, tirò indietro il collo e spostò il corpo verso di lui.

Era come se avesse voluto quel pizzico doloroso ancora e ancora.

Da lì, ha preso una piccola quantità di crema rossa sulle dita.

Delicatamente, le strofinò l'unguento intorno ai capezzoli.

Immerse di nuovo le dita nel tubo e raccolse dell'altra crema.

Ora la sua mano scese e iniziò a toccarle la vagina.

Trovando la sua vagina attraverso i suoi capelli fini, spalmò anche la crema lì.

Poi è tornato e le ha massaggiato il tappo di gomma color crema sull'ano.

Julieta era molto eccitata dal tocco di quella crema fredda sui suoi tre organi "privati".

Ma dopo pochi secondi, la crema fredda ha iniziato a scaldarla.

E a poco a poco ha iniziato a prudere nel punto in cui ha applicato la crema.

Era ansiosa che qualcuno le spremesse il seno.

Ha cercato di liberare le mani per premere sui propri seni, per stringere i propri legami rigidi.

In questo momento aveva bisogno delle sue dita rocciose, dei suoi capezzoli leccati e della sua vagina pruriginosa ...

E allo stesso tempo sentì il tocco di quell'oggetto vibrante.

Paul le aveva regalato un vibratore medio, ma fino ad oggi non l'ha mai usato da sola.

Paul lavorava da solo con lei al vibratore.

Ma ora il vibratore, che era penetrato nella sua vagina pruriginosa, sembrava troppo grande.

Inoltre, le sue vibrazioni erano molto più forti di quanto mi aspettassi.

Sebbene entrambe le gambe fossero legate, stava allungando le cosce per fare più spazio possibile per il vibratore.

Strisciò di un centimetro, anticipando la sua delicata vagina.

Tuttavia, Juliet era così eccitata dalla crema e dalla situazione in generale che spingeva tutto il suo corpo in avanti e cercava di far entrare il vibratore.

Quando prese lo spesso vibratore nella sua interezza, rimase immobile a tremare godendosi la sua vibrazione.

Entrambe le gambe legate.

Mi alzo con entrambe le mani legate.

In un luogo così sconosciuto, Juliet sentì la gioia di vivere appesa completamente indifesa, nuda, eccitata di fronte a uno sconosciuto.

Un tappo stretto nel suo ano e un vibratore che le riempie la vagina.

Capezzoli accesi da quella crema rossa in cima.

Voleva sinceramente che lo sconosciuto la mordesse, la mordesse e le schiacciasse le natiche paffute e carnose.

Si sentiva come se i due oggetti in entrambi i buchi fossero penetrati in profondità nel suo corpo.

Non aveva mai smesso di premere il vibratore, ma Juliet stessa stava cercando di farlo entrare.

Chiudendo entrambi i buchi, tirando polsi e caviglie fino al punto di tensione, allungò tutto il corpo e con un forte grido raggiunse l'apice della felicità.

Per la prima volta nella sua vita, quel momento è durato a lungo.

I muscoli del suo ano iniziarono a contrarsi mentre i suoi muscoli vaginali iniziarono a indebolirsi.

E prima che la prima ondata di eccitazione si placasse, il suo corpo si irrigidì di nuovo.

Ha sperimentato un secondo orgasmo consecutivo a causa del tappo di gomma inserito nel suo ano.

Stava provando estremo dolore e piacere allo stesso tempo.

Lentamente, il suo corpo iniziò ad affondare e chiuse gli occhi.

Il suo viso era appoggiato sul petto in posizione sospesa.

Si chinò in avanti e tirò fuori il vibratore dalla sua vagina.

Ci è voluto un po 'perché il suo corpo si riprendesse.

Poi, raccogliendo un po 'di forza, alzò il collo, aprì gli occhi e ...

... tutte le luci nella stanza erano accese.

Sotto il suo sguardo vide una quindicina di sedie, a soli tre metri da lei.

Fissava incredula le sedie e, naturalmente, le persone che vi sedevano.

C'erano uomini sulla trentina e sulla cinquantina ... e c'erano donne.

Tutti guardavano Giulietta con gioia e ammirazione.

Paul era seduto sull'ultima sedia e la guardava con orgoglio.

Sono stato felice di vedere Paul.

Ma poi ha ricordato la propria condizione e la recente "esposizione".

Imbarazzata, abbassò il collo, ma non riuscì a muovere le mani per coprire il suo corpo nudo.

E da cosa avrebbe nascosto adesso?

Dopo aver visto l'intero `` spettacolo '', loro ...

Con tutti questi pensieri che le scorrevano per la testa, sentì il pennello dell'acqua fredda dietro di lei.

Lo sconosciuto, che aveva giocato con il suo corpo per così tanto tempo, la stava "raffreddando" con una pipa ad acqua in mano.

Non aveva altra scelta che lasciarsi fare il bagno con le braccia e le gambe legate.

Girando il suo corpo nudo, la bagnò completamente dalla testa ai piedi.

Prima i resti delle ciglia sulle natiche, poi lo sfregamento delle braccia e delle gambe per la benda, il seno e i capezzoli che si sono gonfiati dalla crema e dalla sua manipolazione, in entrambi i suoi pori delicati da cui ha subito un attacco inaspettato da entrambi direzioni, e in tutto il suo corpo giovane e tenero.

Avevo davvero bisogno di quell'acqua fredda!

Quando fu completamente fradicia, chiuse il rubinetto e fece un passo avanti per allentare la presa sulle sue gambe.

Julieta allargò le lunghe gambe e cercò di stare in piedi.

Poi slegò la corda che pendeva sopra e le lasciò le mani.

Lasciandola sola per un momento, le si avvicinò di nuovo.

Sollevò il tavolo sul retro e fece sedere Juliet su di esso.

Non c'era forza nel suo corpo, non c'era desiderio nella sua mente di opporsi a nessuna delle sue azioni!

La mise sul tavolo e le legò le mani.

Questa volta le avvolse le cinghie intorno alle cosce senza legarle le gambe alle caviglie.

La vagina di Julieta era ora più aperta di prima, con le cinghie attaccate ai ganci su entrambi i lati del tavolo.

Ora la sua vagina rosa era visibile di fronte a lei ed era visibile anche il tappo di gomma nel suo foro posteriore.

L'ha lasciata in quello stato per un po'.

Ora il pensiero delle persone sedute nella stanza e la fissavano la faceva sentire imbarazzata e anche eccitata.

Ricordandosi che anche Paul era intorno a lei, si appoggiò allo schienale del tavolo, aspettando il prossimo attacco ...

E poi ha sentito il tocco familiare del vibratore ... prima sulle sue gambe, poi sulle sue cosce paffute, poi sul suo ventre piatto, intorno ai suoi capezzoli incavi, e poi lentamente si muove verso l'alto su entrambi i seni, sui suoi capezzoli stretti.

Non poteva credere di potersi emozionare di nuovo in così poco tempo.

Sentì lo scarico dalla sua vagina gocciolare dalle sue cosce esauste al suo stesso ano.

E fu sopraffatta dalla vista di quindici o venti estranei, uomini e donne che la fissavano.

Ansiosa, iniziò a pronunciare:

'Ah ah!'

All'improvviso, il vibratore si è spento.

L'eccitazione di Juliet non era più nel suo corpo.

Ha iniziato a urlare ad alta voce, urlando e chiamando lo sconosciuto a venire e continuare ad accarezzarla con il vibratore.

Devono essere passati alcuni secondi e poi ha sentito un tocco molto sconosciuto e inaspettato tra le sue due cosce ...

Sorpresa, guardò lì e vide che il giovane sconosciuto stava muovendo la sua lunga lingua sulla sua vagina.

Lei sorrise e lo guardò, poi si appoggiò allo schienale del tavolo e rilassò il corpo.

Non era più un estraneo per lei.

Gli altri uomini e donne nella stanza non esistevano per lei.

Non aveva nemmeno pensieri per Paul nella sua testa.

Sentendo il tocco della lingua lunga e forte del giovane, alzò gli occhi al cielo e si sdraiò.

Durante il successivo orgasmo, ha mantenuto un grande sorriso sul suo viso.

Per quanto tempo si è leccata la vagina, per quanto tempo è rimasta sdraiata sul tavolo, sveglia o addormentata ... Non avevo modo di saperlo.

Tutto quello che sapeva era che loro due erano di nuovo soli nella stanza, le sue membra erano libere, il tappo di gomma era stato rimosso dal suo ano e posto vicino al tavolo, e lo sconosciuto che le aveva dato il più grande orgasmo della sua vita , senza rapporti, le stava cortesemente di fronte.

Si alzò lentamente e si alzò dal tavolo.

Aveva i suoi vestiti tra le mani.

Ora, mentre si vestiva, le si appoggiava ... non per metterla in imbarazzo, ma per abbottonarle il reggiseno stretto.

L'ha anche gentilmente aiutata a finire di vestirsi.

Dopo essersi vestito, ricondusse Juliet alla capanna dell'Osservatore.

La stessa Mercedes nera era in piedi davanti.

L'autista della Mercedes le aprì la portiera e si fermò in attesa.

Julieta sorrise quando si ricordò della cordialità dell'autista.

Voltandosi, chiese per la prima volta da quando aveva incontrato lo 'straniero',

"Come ti chiami?"

Lui sorrise.

Le prese la mano e la strinse più vicino e disse:

"Il mio nome non è importante."

Poi ha sorriso e ha detto "Grazie" e ha iniziato a camminare verso la macchina.

Paul la stava aspettando sul sedile posteriore dell'auto.

Appena entrato, Juliet abbracciò Paul tra le braccia.

Paul gli diede una pacca affettuosa sulla testa e fece cenno all'autista di avviare la macchina.

La Mercedes nera riprese a correre per le strette vie della zona industriale verso la frenetica città.

Paul prese una videocamera che aveva messo da parte e avvicinò lo schermo a Juliet e disse:

"Tutto quello che hai fatto da quando sei sceso dalla macchina ... o tutto quello che ti è stato fatto è in questo video. Quanto sei coraggioso."

Juliet si stava rilassando tra le sue braccia.

Il sorriso sul suo viso e la soddisfazione parlavano per lei senza bisogno di aggiungere altro.

Lasciandola rilassarsi in macchina, Paul la accarezzò di nuovo e fissò il nastro del suo coraggio.

Il piano di oggi è stato un successo.

Ero felice ed emozionato che presto sarei stato pronto per una fantastica prossima avventura ...

FINE

BENVENUTO SELVAGGIO
ERIKA SANDERS

35

Susan era sdraiata sul divano a pensare al suo partner.

Lo amava con tutto il cuore e il suo sogno era che facesse quello che voleva da lui con i preliminari.

Leccala e succhiala finché non vale la pena morire per il suo livello di estasi.

Quindi scopala con un sesso più potente della creazione.

È stata una notte così noiosa.

Susan era sdraiata sul divano con il reggiseno di seta rosa e le mutandine a guardare un film.

Ma Susan stava pensando al suo ragazzo, al suo bel corpo, agli occhi verdi e ai capelli castano scuro.

La lingua di Susan spuntò dalle sue labbra mentre pensava a lui, lussuria riempiendo la sua mente e il suo corpo.

Proprio in quel momento, Susan sentì aprirsi la porta, era finalmente arrivato.

Eccitata e bagnata, balzò in piedi e corse verso la porta.

Rimase lì con i suoi jeans e una maglietta bianca.

Entrò nella stanza notando i seni belli e sollevati di Susan mentre quasi le cadevano dal reggiseno per l'eccitazione.

Afferrandola per la vita, la tirò a sé e la baciò profondamente.

"Sono così fottutamente eccitato," sussurrò Susan con la sua bocca calda e bagnata. "Fottimi ora."

Non avendo bisogno di un secondo invito, spinse Susan verso il tavolo della cucina.

Si tolse la camicia e spense le luci, oscurando la stanza.

Susan giaceva sul tavolo, i suoi capezzoli che ora sbirciavano dal suo reggiseno bianco e una macchia bagnata che si formava sulle sue mutandine abbinate.

Si avvicinò a lei, formando un grumo nei suoi jeans.

Si china su Susan baciandole delicatamente la pancia, leccandola.

Susan ansima di piacere e le sue mani gli afferrano la testa per avvicinarlo.

Continuò a leccarle e baciarle la pancia, di tanto in tanto scendendo sulla sua figa, ancora coperta dalle sue mutandine, per soffiare aria calda su di lei.

Si afferra la biancheria intima con i denti, tirandoli giù con un rapido movimento.

Li lancia sul tavolo e annusa i loro pub.

Susan inizia a gemere e respirare affannosamente.

Seppellendo il viso nella sua figa bagnata, alza la mano per toglierle il reggiseno.

Il seno vivace di Susan si riversa sulle sue mani morbide.

Leccò di nuovo delicatamente la fessura di Susan prima di avvicinarsi al frigorifero.

Aprendolo, tirò fuori una ciotola di fragole. Ne prese due, mettendone una sulla pancia di Susan e l'altra tra i suoi seni.

Le leccò l'ombelico e la mangiò più tardi.

Continuò a leccarle il corpo dal basso verso l'alto e alla fine passò alla fragola successiva.

Leccando la scollatura di Susan, muove la fragola su e giù tra i suoi seni.

Susan geme per la sensazione insolita.

Continua a spostare la fragola più in basso e più in basso nel corpo di Susan, fino a quando non raggiunge la sua figa spingendo la fragola con la lingua.

Susan ansimò e vide la sua figa contrarsi con la fragola coperta nei suoi succhi.

Ha spinto la fragola più a fondo nella sua figa.

La coprì con la bocca, succhiando delicatamente fino a quando la fragola tornò in bocca; ora coperto di succhi dalla figa di Susan.

Sorseggiando la fragola, la mangiò e si mosse per girare Susan sul suo stomaco.

Con il sedere in aria, lo accarezzò.

Schiaffeggiò dolcemente Susan sul culo, prima di tuffarsi nel suo culo e leccarlo, lasciando succhioni su tutto il sedere.

Lì vicino c'era un barattolo di miele, allungò la mano e lo sfregò sulle labbra di Susan.

Poi spinse la lingua dentro di sé facendo gemere Susan.

Ha succhiato la lingua in profondità nella sua figa.

Gemendo ad alta voce, Susan disse:

"Fottimi ora."

Si tolse i jeans, il suo cazzo stava per esplodere.

Ora nudo, il suo cazzo sporge grande e forte.

Afferrò Susan, facendo scorrere le mani sulle sue cosce interne mettendo il suo cazzo appena dentro la sua entrata.

Si strofinò la testa contro la sua umidità; Delicatamente, aprì le labbra e fece scivolare delicatamente la testa del suo membro.

Un gemito sfuggì alle labbra di Susan mentre sentiva la punta del suo membro entrare in lei.

Susan gemette più forte mentre faceva scivolare il resto del suo enorme cazzo duro nella sua figa.

Mentre la riempiva tutta, lei strinse le pareti della sua fica, provocando un gemito da parte sua.

Cominciò a pompare il suo cazzo dentro e fuori dalla figa di Susan, guidando sempre di più ad ogni colpo.

Continuò a picchiare la sua figa facendo gemere Susan sempre più forte.

Afferrandole le cosce, colpì più forte che mai, ringhiando mentre invadeva il corpo di Susan con il suo enorme cazzo.

Susan urlò:

"Mi sento così bene, piccola, fottimi più forte."

Batté più forte il suo cazzo nella fica di Susan, sentendo l'accumulo di sperma alla base del suo cazzo.

Le sue palle colpiscono il sedere di Susan con il movimento di lui.

Susan emise un lungo gemito e cominciò ad avere un orgasmo selvaggio, la sua figa gli stringeva il cazzo, quindi iniziò anche un orgasmo.

Lo sperma spuntò dal suo cazzo, il primo schizzo entrò nella figa di Susan.

Ma si ritirò, lasciando il resto a spruzzare il suo corpo.

Proprio quando il suo orgasmo iniziò a placarsi, le infilò le dita nella figa pompandole rapidamente, mandando di nuovo Susan all'orgasmo.

Gemendo e muovendosi attraverso il tavolo, Susan lo tirò su di lei e lo baciò profondamente.

Il suo sudore e il suo seme si mescolavano tra i due corpi.

Dopo aver rilassato entrambi disse:

"È bello essere ricevuti così".

.

FINE

41

TRADITO
ERIKA SANDERS

43

Capitolo I

Becky sentì il suono della chiave nella serratura.

Corse giù per le scale, accese la luce del corridoio e aprì la porta.

Jack era lì sotto la pioggia, con il cappuccio sopra la testa, la chiave si fermò in mano mentre i suoi occhi scuri la fissavano.

"Oh mio Dio, sei venuto" disse Becky allegramente.

Saltò in avanti e gli avvolse le braccia attorno alle spalle, abbracciandolo, sentendo la pioggia che copriva il suo cappotto infilarsi nella parte superiore dei suoi vestiti attillati.

Non le importava.

Il suo uomo era qui e questo era tutto ciò che contava.

Liberò Jack da un abbraccio effusivo e gli mise le mani bagnate sul viso.

La sua espressione seria non era cambiata.

"Cosa c'è che non va?" Ha detto.

"Dobbiamo parlare."

Becky si sentì sussultare lo stomaco, ma si fece da parte per far entrare Jack e togliersi gli stivali bagnati.

Entrò nel soggiorno, sfregandosi nervosamente le braccia mentre aspettava che Jack le desse la brutta notizia, qualunque essa fosse.

Quindi entrò nel soggiorno, sempre con un'espressione seria sul volto scarno.

"Dacci da bere, per favore", ha detto.

Becky si avvicinò al carrello dei liquori e servì due grappe.

La sua mano tremò mentre allungava uno degli occhiali e beveva rapidamente la sua.

Jack si avvicinò alla sedia con i suoi calzini piuttosto umidi.

L'immagine che ha dato in quel modo era un po 'divertente.

Avrebbe riso se non fosse stato per il momento teso.

Si sedette sul bordo del sedile, non accomodante, non togliendosi il cappotto mentre si preparava a dare la cattiva notizia.

Bevve un sorso di brandy prima di parlare.

"Sa tutto di noi", disse dopo aver preso il liquore con un ultimo sospiro.

Becky sentì le sue ginocchia indebolirsi, il suo cuore battere forte.

Un altro bicchiere di brandy è stato versato.

Si avvicinò al divano di fronte a Jack e si sedette.

"Come?" Disse dopo un altro sorso di liquido caldo.

"Ho detto."

Becky si accigliò.

"Gliel'hai detto? Per che diavolo?

"Non ce la faccio più."

Becky si alzò.

Per favore, dimmi che mi stai prendendo in giro, Jack.

Scosse la testa negandolo.

"Perché dovresti dire a tua moglie che la tradisci?"

Jack alzò gli occhi da sotto le sopracciglia folte che lo facevano sembrare un cucciolo birichino.

"Non riuscivo a vederla indifferente e calma mentre continuava a nascondere il nostro sporco segreto."

'Il nostro sporco segreto È tutto per lui? Pensò Becky.

"Beh, cosa ha detto?" Disse Becky, fingendo di non aver sentito l'ultimo commento mentre camminava da un lato all'altro della stanza.

"È disposta a darci un'altra possibilità. Se questo si ferma."

Becky smise di camminare e guardò il viso di Jack.

"Noi? Vuoi dire che tu e lei siete insieme dopo averglielo detto?"

Jack annuì.

"Mi lascerai così? Perché lo dice?"

"Lei è mia moglie."

"E io cosa ero?"

"Sai cos'era. Ti avevo detto che non avrei mai lasciato mia moglie. Questo era sempre sesso tra te e me."

'Sai cos'è stato. Passato. Era già finito nella sua mente. Come ha potuto farmi questo?'

Nonostante avesse detto che non avrebbe mai lasciato Mary, Becky pensò che potesse convincerlo che era davvero la donna di cui aveva bisogno.

E non è così?

Sembrava di no.

Jack aveva finito di bere e si alzò per andarsene.

Becky gli si avvicinò.

"Tutto qui, allora?" Disse lei, guardandolo rabbiosamente. "Lo lasceresti cadere così e te ne andresti?"

Jack sospirò mentre la allontanava per andare in fondo al corridoio.

"Becky, ho figli", disse, esasperato ora.

Oh no, non se la sarebbe cavata facilmente.

Prima tutto era complimenti e messaggi beffardi ed erotici, con molti baci alla fine per farmi deliziare.

Questo è quello che fanno tutti, per ottenere ciò che vogliono.

Poi, quando ne hanno avuto abbastanza, diventano difensivi e cercano di sbarazzarsi di te.

La vera faccia di Jack era ora mostrata.

Non era stata altro che un pezzo di carne per lui, una scopata facile.

Feccia.

Una puttana

Questo era il modo in cui gli uomini l'avevano sempre trattata. Jack non sarebbe stato diverso.

"E allora? Molte persone divorziano oggi. I bambini lo superano. Hanno ancora entrambi i genitori", disse freddamente.

"Sono bambini, Becky," scattò Jack. "Hanno bisogno di una famiglia. Sicurezza. Un papà che è sempre in giro. Non uno che si presenta alcune volte alla settimana."

Per quanto riguarda me? pensò un po 'egoisticamente.

La donna che non può avere figli.

La donna che sarà sempre e sempre permanentemente sterile, incapace di dare a un uomo una famiglia.

Il fenomeno.

Quello raro.

Quello che è buono solo per divertirsi, per scopare.

Chi la amerebbe davvero?

"Andrò a casa tua", minacciò. "Le dirò cosa abbiamo fatto. Come mi hai portato nel bosco in macchina e mi hai scopato sul sedile posteriore. Dove i suoi figli siedono tutti i giorni durante il viaggio a scuola. Come mi hai portato nello stesso ristorante in cui le hai proposto Vedi se poi cambia idea. "

Jack si voltò all'ingresso, lasciando le dita sul cappuccio che stava per sollevare sopra la sua testa.

"Non lo farai".

"Guardami."

Becky vide, per la prima volta, uno sguardo negli occhi di Jack che aveva visto in molti uomini prima.

Disgusto.

Ciò che avevano avuto tra loro, qualunque cosa fosse stata per lui, era sparito.

Sapeva che non l'avrebbe mai recuperato.

Il labbro superiore si incurvò mentre si passava il cappuccio sulla testa e si chinava per afferrare gli stivali.

Becky sentì il calore sbiadire dalla sua carne, la fredda sensazione di essere lasciato indietro.

Abbandono.

L'aveva sentito troppe volte prima.

"Non puoi lasciarmi, Jack," supplicò, sentendo il flusso familiare di lacrime che le saliva dagli occhi.

"È finita", disse bruscamente, la sua voce si arrotolò per la rabbia.

"Non farmi questo, Jack. Per favore!"

Lui annodò il laccio dello stivale e si raddrizzò, scrutandola da sotto il riparo del suo cappuccio.

"Non avvicinarti più a me o alla mia famiglia. In tal caso, chiamerò la polizia."

Alzò la mano e lasciò cadere la chiave sul pavimento.

La chiave che gli aveva dato nella speranza che potesse vederlo come la sua vera casa, dove alla fine sarebbe venuto a vivere in modo permanente.

Fu l'ultima pugnalata nel suo cuore.

Sbatté sulla porta e fece un rapido passo nel giardino.

Becky era in piedi sullo zerbino, le sue guance luccicavano di lacrime nella luce intensa del soggiorno, osservando la sua figura alta avanzare nella pioggia.

Lontano da lei.

Di nuovo alla sua famiglia.

Fuori dalla sua vita per sempre.

Capitolo II

Becky si guardò dentro il bicchiere e si sentì girare la testa.

Il whisky ha lasciato un sapore aspro e amaro sulla sua lingua.

Con le dita tremanti sul vetro, lo raccolse e lo gettò sul muro del camino.

Si scontrò con lo specchio, facendo esplodere frammenti di vetro e poi precipitò sul pavimento e sul folto tappeto.

Saltò giù dal divano e si diresse al telefono.

Le lacrime le salirono negli occhi mentre afferrava l'auricolare, ma disse che non avrebbe più pianto.

Si morse il labbro, componendo con determinazione il numero.

Dopo qualche istante, rispose una voce maschile acuta.

"Ciao?"

"Harry, questo è Becky," disse, soffocando la sua ubriachezza con un soffio.

"Becky? Gesù, perché chiami proprio adesso? Sono le due del mattino."

"Scusa. Ho solo ... ho bisogno di stare con qualcuno."

"Cosa? Proprio ora?"

"Sì."

Udì un fruscio dall'altra parte della fila, il fruscio delle sigarette di Harry che si asciugava la gola mentre si muoveva attorno al letto.

"Mi stai davvero svegliando per una scopata nel mezzo della mattina?"

Becky sentì un nodo allo stomaco alle sue parole.

E se davvero non avesse bisogno di qualcuno che si soddisfacesse?

Tuttavia, a Harry non importava.

Era solo un uomo tipico con solo una cosa in mente.

Ha fermato la tentazione di esplodere.

"Perché no? È un momento buono come un altro", disse, un po 'agitata.

"Devo essere sveglio alle sei."

"E allora? Puoi dormire domani sera. E almeno andrai a lavorare soddisfatto invece di sbadigliare."

"Sono devastato in questo momento. L'unico modo per evitare di sbadigliare al lavoro è qualche ora in più di sonno e non esercizio fisico."

Becky si pizzicò le labbra per la frustrazione e afferrò le sue sigarette che erano posizionate accanto al telefono.

Ne accese una e fece un lungo, profondo succhiare, poi si strofinò la tempia con il pollice mentre rilasciava il fumo denso.

"Farò quello che vuoi", disse, e la nicotina gli diede abbastanza forza per cercare di sedurlo.

"Il cosa?" Disse Harry.

"Ti infilo la lingua nel culo. Ti mangerò come un uomo mangia una donna."

Ci fu una pausa e sentì Harry pensare dall'altra parte.

Non molte donne erano disposte a mangiare il culo di un uomo e Harry aveva un ano particolarmente sensibile, la sua lingua aveva la capacità di far piegare e urlare tutto il suo corpo allo stesso tempo.

Tuttavia, stasera sembrava davvero stanco. Anche quello non era abbastanza per tentarlo.

"Oh Becky. Non avresti potuto chiamare un momento migliore?

"Mi metterò il guinzaglio. Ti faccio una lunga e fottuta scopata. È quello che vuoi, Harry? Uno. Lungo. Difficile. Scopata."

Harry sembrò nervoso e agitato quando rispose.

Becky sapeva che il suo cazzo era duro come una pietra sotto le coperte prima del suo esplicito e sudicio coraggio.

Ma qualunque cosa cercasse di tentarlo, sembrava che non si sarebbe mosso.

"Scusa, Becky. Devo passare. Che ne dici di venerdì sera?

Becky vide il posacenere sul tavolino e spense la sigaretta.

"Sei proprio come tutti gli uomini, vero? Pensi che scapperò quando dici. Beh, sai una cosa, Harry? Puoi fregarti. Quella è stata la tua ultima possibilità e hai rovinato tutto."

"Cosa ... Becky?"

"Ciao Harry. Dormi profondamente se puoi. Accidenti!"

Sbatté il telefono sul ricevitore.

Becky rimase seduta sul letto per un momento, con il cuore che le batteva forte, il sangue che le ribolliva, un milione di pensieri diversi che cercavano la precedenza nella sua testa.

Come hanno potuto fargli questo?

E di nuovo.

E perché ha continuato a lasciarlo fare?

Cadere ripetutamente nella stessa vecchia trappola.

Sapeva cosa avrebbero detto gli psichiatri.

Non ti dai abbastanza valore.

Come può aspettarsi di ricevere rispetto quando non rispetta nemmeno se stessa?

Bene, per loro è facile dirlo.

Vogliono sapere com'è sentirsi come una puttana che permette agli uomini di usare il suo corpo come se fosse uno straccio sporco.

Una madre che stava per scopare con i suoi fidanzati e ha lasciato la figlia sola a casa, fredda e affamata di nessuno che la desiderasse.

Una donna che l'ha convinta per anni che suo padre non l'amava.

Che li aveva abbandonati a causa sua.

Quando la verità era, era intimidito dalla sottomissione a cui era soggetto e troppo terrorizzato per tornare al suo regno di terrore.

Becky nascose il viso tra le mani e lasciò che le lacrime le inondassero i palmi delle mani.

Mi hai lasciato, papà.

Come hai potuto lasciarmi con quella cagna psicopatica?

Si sedette e si costrinse a fermare le lacrime.

La tristezza si tramutò in rabbia come la vibrazione di un interruttore.

Suo padre era un fottuto codardo.

Come tutti gli uomini.

Camminavano controllati dalle palle che oscillavano tra le loro gambe, ma non avevano il coraggio di usarle.

Solo una donna poteva farlo.

Il dolore era troppo.

Becky aveva bisogno di sesso.

Era l'unica cosa che l'avrebbe calmata.

Il sesso allevierebbe il dolore dentro di lei.

Dolore per non essere amato e per essere stato respinto, il che la faceva sentire una cagna sporca e usa e getta.

Per alcuni brevi momenti, un bacio appassionato, un desiderio lussurioso di portarla all'orgasmo e lei si sentirebbe guarita.

Tutto bene di nuovo.

Amato.

L'unico problema era che era diventata una dipendenza.

E una volta finito, dopo che gli uomini se ne andarono e tornarono con le loro mogli o la donna successiva disposta a allargare le gambe, quel luogo buio sarebbe tornato.

Fino alla prossima soluzione.

Becky non ce la fece più.

Bastava.

Questa volta qualcuno avrebbe pagato.

Capitolo III

La vendetta è dolce.

O almeno così dicono.

Becky rifletté su questo mentre si lavava i lunghi capelli neri nello specchio del comò.

Era nuda, a parte un paio di mutandine nere adornate con un fiocchetto rosso.

I suoi seni di quarantatré anni erano fermi come quelli di una donna di dieci anni più giovane.

Era uno degli aspetti positivi del non poter avere figli.

Ha mantenuto la sua figura e il suo splendido fascino per un tempo più lungo.

Mentre le setole della spazzola le scivolavano tra i capelli, provò una calma che non sentiva da anni.

Qualcosa stava finalmente generando dentro di lei.

Non sarai più una vittima.

Lei stava lottando.

Sarebbe diventata una guerriera.

Ha scelto un rossetto rosso scuro dal suo trucco e lo ha applicato con cura sulle labbra, aggiungendo un po 'di pienezza dando un millimetro in più attorno al bordo.

Il colore completava i suoi capelli scuri e la pelle olivastra, dandole un aspetto leggermente mediterraneo che non avrebbe potuto essere più lontano dalla sua eredità britannica.

Doveva ammettere che stava bene.

Potrebbe avere una voce un po 'brutta per così tante sigarette e un'infanzia fottuta, per non parlare del bere, ma sapeva come farsi vedere per fare sesso.

Aveva imparato quell'abilità da sua madre e quando si rese conto di quanto fossero difficili le ragazze del nord, aveva anche imparato a usarlo a suo vantaggio.

Le ragazze sexy avevano il potere.

Potevano controllare gli uomini con i loro corpi, il loro profumo e uno sguardo provocatorio.

Quando Becky lo prese in considerazione, si rese conto che era ciò che le aveva permesso di sopravvivere per così tanti anni.

Si alzò e andò allo specchio a figura intera.

Inclinando la testa di lato, si prese a coppa il seno.

Mise il broncio con le sue labbra appena dipinte.

Sì, sembrava abbastanza buono da mangiare qualcosa di appetitoso.

E anche per mangiarti, pensò con una risata sensuale.

Sul letto c'era un vestito rosso.

Corto.

Molto provocante

Scollatura bassa per mostrare le sue tette.

Lei gli fece scivolare i piedi nudi e lo tirò su lungo il corpo.

Guardandosi allo specchio, si voltò e lo abbottonò.

Ammira il tessuto setoso, stropicciato ai fianchi, accentuando la sua tipica forma a clessidra.

Accanto alla porta c'era una fila di scarpe col tacco alto.

Becky si avvicinò e fece scivolare i piedi in una coppia rossa.

Il colore di stasera era scarlatto.

Rosso per sangue e omicidio.

Capitolo IV

Il tassista si fermò fuori dal locale.

Becky notò che c'erano due gorilla vicino alle porte.

Pagò il tassista e uscì sulla strada illuminata dal lampione, l'aria dolce che toccava le sue spalle nude mentre la musica del club batteva sotto i suoi piedi.

Chiuse la portiera del taxi e si diresse verso l'ingresso, appoggiandosi alla spalla la tracolla della sua piccola borsa rossa.

Meeting Place era un moderno club per gentiluomini che era apparso in città un paio di anni fa.

Uomini di tutte le età sono andati lì nei loro ultimi abiti, immersi in bottiglie di lozione dopobarba, cercando di attirare le ragazze del nord che sono venute al suo profumo come cagna in calore.

Becky non ha fatto eccezione.

Ma stasera si è concentrata su un uomo in particolare.

Il posto era un alveare di attività, occupato per una notte infrasettimanale.

Un cantante si esibiva sul palco da un lato della stanza e il bar dall'altro era pieno di ragazzi più anziani curvi sui bicchieri di birra.

Uomini e donne sedevano in una vasta area piena di tavoli al centro della stanza, chiacchierando e guardando verso il palco.

Becky andò al bar e chiamò un bel giovane barista con il taglio di capelli da becco di una vedova.

"Ricky è qui stasera?" Chiese.

Il cameriere annuì. "Dietro a."

Becky le sorrise e si allontanò dal bancone, notando che gli occhi degli uomini più anziani si erano spostati dai loro drink a lei.

Si assicurò che avessero una buona vista del suo sedere mentre scompariva in un corridoio che conduceva agli uffici sul retro.

Ricky Morris era il proprietario di cinque locali notturni nella zona del Maine.

Aveva guadagnato i suoi soldi da accordi inaffidabili negli anni '90 e ha aperto la catena di club maschili che era stato un successo immediato con i ragazzi giocosi del Nord.

Era anche noto per aver lavorato con spogliarelliste e prostitute, fornendo loro clienti e tagliando i loro profitti.

Becky lo ha incontrato due anni fa al lancio di Meeting Place.

Di tutte le donne attraenti e le belle ragazze che erano lì quella notte, era stata lei ad avvicinarsi.

Forse riconosceva qualcosa di se stesso in lei, un tratto maschile che faceva appello alla sua natura ambiziosa e intraprendente.

Una donna che non si sarebbe inchinata o lusingata per i suoi soldi e il suo bell'aspetto.

Una donna che avrebbe giocato duro per ottenere ciò che voleva.

Becky bussò alla sua porta, ma non attese una risposta.

Entrando nella stanza, vide un lampo di carne e annusò l'inconfondibile profumo del sesso.

Una donna sui vent'anni giaceva sulla scrivania, i suoi seni nudi esposti attraverso un vestito che era ancora avvolto intorno alla sua vita.

Ricky la stava scopando in posizione eretta, i pantaloni neri attorno alle caviglie, il sudore che brillava sulla sua testa rasata.

Girò la testa all'interruzione.

"Fanculo." Si allontanò dalla donna e Becky vide il suo grosso cazzo, gonfio di eccitazione, scivoloso con il succo della donna.

Quando vide chi era entrato nella stanza, sospirò, si chinò e si tirò su i pantaloni.

La donna al tavolo si coprì il seno, cercando di nascondere il suo imbarazzo con una risata sensuale.

Piccola puttana, pensò Becky, camminando spudoratamente in ufficio.

Ricky si allacciò la cintura di pelle intorno alla vita quando scosse la testa perché la ragazza se ne andasse.

Continuando a coprirsi il seno, scivolò furiosamente dal tavolo, raccolse le scarpe col tacco alto e uscì in punta di piedi dalla stanza.

Ricky fece il giro della scrivania, lanciando un'occhiata a Becky, con il viso arrossato.

Prese un fazzoletto dalla tasca della camicia, si asciugò la fronte e allungò una mano in un cassetto per recuperare un portasigarette d'argento.

"A cosa devo il piacere?" Disse, aprendo la scatola e tirando fuori una sigaretta colorata.

Ne offrì uno a Becky.

Lei lo guardò mentre camminava verso la scrivania e prendeva una delle sigarette.

Era scarlatto.

"Controllare di nuovo la qualità della merce?" Disse, mettendosi la sigaretta rossa tra le labbra.

Ricky socchiuse gli occhi blu mentre accendeva la sigaretta e poi teneva l'accendino per accendere Becky.

"Qual è il tuo punto di interrompermi, venire qui senza preavviso?"

Becky prese un po 'della sigaretta accesa.

Soffiò via il fumo che strisciava verso il soffitto in un filo sottile.

"Vedo che sei stato occupato ultimamente."

Guardò il tavolo con un sorriso.

Le impronte di sudore dov'erano state le natiche della donna erano ancora presenti sulla superficie del vetro.

Ricky si sedette pesantemente.

Becky poteva quasi sentire il battito del suo cuore, il sangue continuava a pompare intorno al suo corpo dall'interruzione della sessione sessuale.

La studiò con curiosità.

"Hai finito?"

Becky scosse la testa.

"E allora? Noto qualcosa di diverso su di te."

Becky si tirò indietro i capelli e guardò il grande acquario che brillava dietro la testa di Ricky.

Grandi pesci in uno stagno molto piccolo, pensò ironicamente.

Poteva avere soldi e potere sulle donne, ma seduto lì sulla sua sedia senza idea di cosa stesse per succedere, era debole e patetico come qualsiasi altro uomo.

"Suppongo che debba essere a causa del tempo del mese", disse seccamente.

Si tolse la borsa dalla spalla e la posò con cura sulla superficie di vetro sul tavolo.

Ricky osservò i suoi movimenti con interesse.

Girò attorno alla scrivania e appoggiò i glutei sul bordo duro.

Ricky fece ruotare la sedia, si appoggiò allo schienale e la studiò.

"Non vedi l'ora di farlo", disse con attenzione.

"Quando non lo sono?", Rispose.

Ricky sorrise.

Lo adorava per lei.

Quell'appetito audace e disponibile per il sesso.

Soprattutto da una donna.

Lo ha reso duro in pochi secondi. Becky attese di vedere il suo cazzo risvegliarsi mentre muoveva il suo corpo per rivelare il suo seno.

"Sei una puttana" disse Ricky. "Niente ti ferma, vero? Neanche secondi sbadati in una cagna.

"Era solo l'antipasto. Sono il piatto principale. Il vero sesso."

Becky si sollevò il vestito sulla coscia e fece scorrere le dita tra le gambe.

Si era tolta le mutandine prima di uscire di casa, quindi aveva un facile accesso alle labbra nude tra le gambe.

Guardò Ricky e bevve un'altra boccata di sigaretta.

Il rigonfiamento che continuava a crescere nei suoi pantaloni gli diceva che avrebbe pianificato di essere dentro di lei in pochi secondi.

La sua figa si inumidì al pensiero, intensificata dalla consapevolezza che questa volta la soddisfazione sarebbe stata più dolce di qualsiasi altra.

Appoggiò le mani sulla superficie del vetro, lasciando tracce appiccicose della sua figa muschiata, e si mosse per posizionarsi direttamente di fronte a Ricky.

Mise entrambi i tacchi sulle braccia della sedia, allargando le gambe per dargli una visione completa di ciò che era tra le sue gambe.

L'eccitazione balenò negli occhi di Ricky mentre guardava in basso e vide il dolce nascosto sotto il vestitino rosso.

"Che cosa dovrei fare con quello?" Disse sardonico, alzando un sopracciglio.

Con i gomiti sul tavolo, Becky riuscì ancora a fumare mentre rispondeva con un sorriso sensuale.

Muto.

Ricky spense la propria sigaretta, schiacciandola spudoratamente sul vetro.

Respirò attraverso le sue narici, forse per avere un sapore profumato di ciò che doveva venire, immergendo le lunghe dita davanti alle sue belle labbra.

"Ti mangerò finché la tua figa non mi gocciolerà in bocca."

Becky formicolò sulla sua vulva mentre stringeva i muscoli.

Aveva sempre amato un ragazzo a cui piaceva mangiare la figa.

Ricky era felice di saturare la sua faccia nel suo succo, facendo cose con la lingua che lo avrebbero mandato altrove.

Sarebbe stato il modo più umano di andare, pensò.

Paura euforica.

Le sue grandi mani le toccarono le ginocchia e allargarono ulteriormente le gambe.

Becky lo guardò con cupo fascino, valutando l'eccitazione nei suoi occhi d'acciaio.

Si leccò le labbra scherzosamente.

Becky sorrise consapevolmente.

Quindi, prima che potesse fare qualsiasi altra cosa, la sua testa era tra le sue gambe e la sua lingua calda e bagnata si stava facendo strada dentro di lei.

La testa di Becky ricadde all'indietro mentre ansimava di piacere.

"Oh merda."

Ricky scosse la testa voracemente, leccandosi la carne appiccicosa.

Mangia, assapora, respira il suo profumo muschiato.

"Delizioso", Becky lo sentì dire con il suo profondo accento del Vermont.

Nemmeno a distanza avrebbe assaporato qualcosa di delizioso come la sua dolce vendetta, pensò.

Ricky aprì la cerniera dei pantaloni e tirò fuori il suo cazzo, strappandolo via con movimenti rapidi e duri del suo polso.

Becky si chiese brevemente se preferiva la sua figa a quella che aveva scopato pochi minuti prima.

Quindi decise che non le importava più.

Tutti gli uomini erano uguali.

Culi stupidi che abusano di puttane e succhiano le fighe. Anche se avevano la possibilità di mandarti in posti che non sapevi esistessero.

La lingua di Ricky era divina!

Becky guardò in basso e vide il cuoio capelluto lucido e rotondo alzarsi e cadere.

Questo è stato il suo momento.

Respirando profondamente, fece una pausa per un momento, poi unì le sue cosce in un rapido movimento, chiudendo il collo di Ricky tra le gambe.

Soffocò e cercò di andarsene, ma invano.

Becky prese la borsa rossa e tirò fuori un coltello.

Afferrò l'elsa con entrambe le mani e lo sollevò sopra la testa di Ricky.

Continuò a borbottare, afferrandole le cosce per aprirle.

Ma non poteva farlo.

Non riusciva a lasciarsi cadere il coltello in testa.

Ora che il momento era qui, non sembrava più una fantasia.

Sembrava un incubo.

Non era un'assassina.

Non poteva diventare qualcosa che non lo era.

L'avevano uccisa dentro e lei li disprezzava per quello, ma uccidere a sangue freddo la rese qualcos'altro.

La rendeva meno di loro.

Becky ha rilasciato la pressione delle sue cosce sulla testa di Ricky.

Uscì dalla trappola, ansimando e massaggiandosi il collo.

"Cagna pazza," urlò. "A cosa stai giocando?"

Becky aveva già nascosto la pistola nella sua borsa prima che Ricky sputasse rabbia.

"Pensavo che ti piacerebbe provare qualcosa di un po 'duro", ansimò, facendo del suo meglio per nascondere la paura nella sua voce.

Ricky allargò le gambe e si alzò in piedi.

"Non riuscivo a respirare!"

Becky armeggiò con il suo vestito e scese dal tavolo di vetro.

Mentre si alzava, notò l'espressione del dubbio negli occhi di Ricky.

"Oh andiamo," disse lei. "È stato divertente."

Riuscì a mantenere un sorriso mentre il suo cuore batteva freneticamente nel suo petto.

Ricky non disse nulla, cercando nei suoi occhi una specie di inganno.

Sarebbe stato l'unico a avere il sangue sulle mani se avesse saputo che aveva pianificato di ucciderlo.

Becky gli si avvicinò e si avvicinò alla sua faccia.

Baciò la sua guancia arrossata, lasciando il suo labbro scarlatto impresso sulla sua pelle.

"Ne ho avuto abbastanza per oggi. Starò meglio", ha detto.

Prese la borsa dal tavolo e si diresse verso la porta.

Poteva sentire gli occhi di Ricky inchiodati su di lei.

Penetrante.

Accusatorio.

"Aspetta" disse.

Becky si fermò.

Il suo cuore si bloccò.

Si voltò lentamente.

La sagoma scura di Ricky era delimitata dal bagliore luminoso dell'acqua dell'acquario mentre aspettava che parlasse.

"Vuoi i tuoi soldi", ha detto.

Becky si accigliò.

"Quali soldi?"

"Pago sempre le mie ragazze preferite."

Becky studiò i suoi occhi.

Cosa stava facendo?

"Non l'hai mai fatto prima."

"Era ora che lo facessi."

Prese un libretto degli assegni dalla scrivania.

Prese una penna dalla tasca della camicia e vi scrisse qualcosa.

Quando la sollevò per Becky, sentì il prurito al collo.

Ricky gli ha dato l'assegno.

Becky lo prese e guardò l'importo.

Quarantamila dollari.

Sbiancò e guardò incredulo incredulo Ricky.

"Per i servizi dovuti", ha detto.

Becky tornò a guardare la figura forte.

Quarantamila dollari.

Pagherebbe il suo mutuo.

Poteva prendere una macchina nuova.

Galleggia fuori.

Comprare nuovi vestiti.

Scarpe firmate.

Ricky non stava sorridendo mentre la guardava studiare l'assegno.

Lo sguardo che gli diede era preoccupante.

Becky guardò nervosamente i suoi occhi blu d'acciaio.

Sapeva che aveva cercato di ucciderlo.

Lo stava pagando.

Prendi i soldi, lasciami in pace, non venire.

Non voleva deluderlo.

Riuscì a sorridere e poi si voltò per lasciare la stanza, con la mano che tremava ancora trattenendo la sua nuova fortuna.

FINE

67

www.ingramcontent.com/pod-product-compliance
Lightning Source LLC
Chambersburg PA
CBHW060502160726
47992CB00003B/1298